Balões vítreos

EDITORAS ASSOCIADAS

Balões vítreos

Lucíola Macêdo

Para Ana e Júlia

Sumário

(Aninha Franco)

nordestinas

escuto Canhotinho
a língua da urtiga em
repente sequioso
Quixeramobim e seus monólitos
sítio da infância
as primeiras letras
inscrições rupestres
talhadas ao sol
pedra lascada por pedra
lança pontiaguda
tapioca com nata e banho de açude
pererecas saltitantes
e o vaivém
das redes de dormir
pererecas dorminhocas
grudadas nos azulejos dos banheiros
ruidosas e grudentas dezenas delas
em desnudez fosca gelatinosa
como a raiz do que não se vê

súbito adejo em déjà vu

à margem das jangadas
oscilantes
adernam-se as velas
qual imagens retidas
estancadas
entre pálpebras
dissipam-se
em derrocada
grisadas pelo mormaço
gotículas se redobram
embaralhadas nos bamboleios
das vazantes de Camocim

so far away

a xícara translúcida cochila
no parapeito da varanda
espargindo raios de sol
sobre as laranjas na mesa azul
o afeto nascendo do pélago
entre azul e azul
e o ocaso
poderia ser Sitges ou Cadiz
Garapuá ou Massarandupió
vermelho sobre vermelho
o ar úmido rasgando o silêncio
esgueirando-se
sem roupas
sob o forro da pele

conchas conspiram
na Crôa do Goré
chuva chama zumbido
labiríntico de sons
guizos em tropéis
odes reluzentes
anseios de fruteira
prenhe de fomes
soy pecadora
pensa a pitomba
sem a casca
protetora
a polpa suculenta
sonha
com o jequitibá
a ciciar

the wave always returns
as a different wave

lusil zarpou de Moreré foi-se
pela escotilha do catamarã rumo ao hotel
oceano levando consigo periscópio
mastaréu consoada seixo e travesseiro
a labareda não coube na asa do pirilampo
depois veio a chuva fina
foi preciso bambear de beco em beco
até afogar a linguagem

arapuás zunem enroscadas aos cabelos
de mãos dadas com saúvas
qual brocas em canavial

(fim do mundo)

em São José do Egito
os jabutis dizem
mas logo se esquecem
até fazer vibrar o tantã
        os jabutis qual o senhor
        Palomar sentam-se à beira-mar
        mas inaptos à leitura de uma onda
        perdem a sequência diante de
        certo entorpecimento provocado
        por cintilações que ondulam
                escamas não tardam a brotar
                        das suas carapaças

um mergulho nas águas salobras
de Brejo Grande não lhe fará mal
caso você não possa se esbaldar
em maresias e ver a lua vermelha
ou mesmo atravessar noites
a galope num único refrão e
esse tipo de fruições do corpo
quando já não há mais
perguntas

ponha os óculos para ver as chuvas

lembra-te
crua é a vida
nos fulcros da língua
medram glórias-da-manhã
e açucenas em flor
fitando com lentes carmesim
o imprevisível
a desatar
todos aqueles nós
encroados na garganta
quando irremediavelmente
rebulida de amor
desfalecias sob revoadas
de fragatas em Aracati
entre hipnos e tânatos
deslembrada
presa de um sonho
dentro do sonho
como a lua em seu crescente
que não mingua nem morre

fosses um caracol sonharias
com sóis quarando e pedra-pomes
num terraço alumiado em frente
àquele vulcão extinto a pedra
quentinha desfalecida entre seixos
margem e o ondear das águas da
Gamboa igualmente aquecidas sob o
calor do sol e o reboar dos silvos de sal

o vulcão extinto diria apenas que a água
borda orifícios ao som das sinetas e
das violas de Taperoá dissipando-se
em fuligens levadas pelo refluir
das vazantes até que chegues em
terra firme e pouses a tua bicicleta
na frondosa de um ingazeiro

outro mundo não há
para além da grota das hidras
não há por que anuviar-se
já que trazes o orvalho
na ponta da língua
e trovejos nos dedos dos pés

se fosses uma canção
sei que cantarias
noites sem lua
celebrarias a insônia
dos céus
atiçando as áspides mais
venenosas da Baía da Traição
em louvores a Iansã
acenderias o fogo
por entre águas
evocarias os charcos
clamarias por voragens
alvoroço e ventanias

o abajur ilumina a penumbra
enquanto rabisco com tocos de lápis
em pacote de pão dormido
escuto o rilhar do ventilador de teto
atiçando a piaçava esvoaçante da cabana

olho fixo as garrafas vazias
já não guardam líquidos
os balões vítreos com seus
suportes translúcidos
trançados em juta
logo estarão no mar a poitar
os saveiros de Feliz Deserto

a sede se dilui em meio ao furor das marés
as cordas do bandolim expulsam
as rimas e os versos da canção

era como nadar até a costa
em meio ao balouço do poema
envolta em seu flutuar radiante

Joyce lê a página quarenta e quatro do livro em aramaico sobre navalhas feitas para afiar vocábulos do segundo volume de seu inacabado Finnegans Wake. noites e noites insones imerso em ladear incessante o levam a concluir que lâminas ondeantes fracassam em talhar as palavras borbulhantes boiando na tigela de sopa de letrinhas sobre a mesa da copa. as línguas vivas já não lhe bastam. foi preciso encontrar o chiado da jurupoca e a língua dos canindés, que desde a expulsão das margens do Choró gorjeiam como o pássaro homônimo. aquele cujo canto se derrama pelos quatro cantos do sertão

o fluxo do texto é bruscamente interrompido por um estrondoso barulho vindo de dentro da geladeira. contrariado, ele abre a porta. nada havia de errado. os objetos permanecem como sempre estiveram. dispostos entre as gavetas e as prateleiras metodicamente organizadas. ele fecha a porta e volta ao trançado entre o maxacali e o apurinã. seu exuberante léxico embevecido pela sonoridade da língua dos atikuns. sem esquecer dos xucuru pipipã e tuxá

o rumorejante ruído o desvia novamente do texto. ele abre a porta. nada há de incomum. fechando novamente a porta, suspeita que o estrondo venha de algum lugar outro. quiçá do eco álgido sibilante de seu próprio pensamento kxkbgçsgjdngbnmbbjfgsjrernfvmadvmgkerqhlkrbdfangkq

a bobina do gramofone se rompe
nada de campo magnético ou sinal
elétrico pra fazer o diafragma vibrar
nenhum som virá deter seu
grasnido de taquara rachada
até que o fio lancinante da navalha
corte as moléculas indóceis e
serpenteantes dos sete mares rumo às
ondas brejeiras da baía de Camamu

minha caixinha de música
cochicha com as conchinhas
das orlas de Madre de Deus

aromas de pífaro em dorso de
treme-treme derramam-se
com as águas do chuveiro

pizzicato mordendo
as cordas dos tímpanos
da raia-de-olhos-vetustos
encostados na madrugada

mutuca-de-areia enleada
em fogo perfumoso
embrulhado nas ventas
côncavas do arco-íris

o preá afogou-se
num copo de chuva
pendurou-se na barca
em redes de arrasto
pôs o rádio
no travesseiro
e ranzinza disse ao
quimono de seda:
eu te amo meu
tatame tosco
tanto mais que todas
as piscinas de
São Miguel do Gostoso

maladia

nenhures onde estoy a fabular algures em vigília aquática sobre cordis o cordoso desde que sobrevivi ao voo da mariposa azul desde que pisé mis pies nos Gerais do Pati lá onde era tudo uma imensidão só ¨ desde que me escape de Andaraí em silen_cio coisa de libertinagem solo que de otro tipo ¨ de outro naipe sopas ouros nada foi espalda y paus a pique loco y ¨ depois a música calada y a solidão sonora donde leí esto dove foi mesmo que ¨ cosa de feijão andu y cruz em alto grão de café no meio do caminho o caross de fujão encroado na grota da goela dela e nada de bajar só no cross e no sust em noche oscura só mês coin tufão arrastanas folhage levano junt¨o cancro pela nesga remelenta da serratura

álgebra

cheia de nove horas noves fora feito folha de menta sem querer comer água e o pacífico lá aguando de piedade da fuligem abraçada ao mar verdoso e jade vazando pela cumbuca da Baía Formosa em sutil transparência disposta na linha do equador com ares de charada mineral de um amor muito cuidadoso até começar a tirar uma onda de binóculo e rachadura só que tô sem e foi tudo pelos ares e a renca toda nessa onda vagando por aí errando pela noite em boca de zero nove de novo o noves fora e suas litanias noves dentro ventoso w ww wwwwww www e ao mesmo tempo cioso sufocante wwww só mesmo o três www w velame angélico em praias de cardamomo Caruso em una furtiva lágrima y miragem w

ramerrame

bela balela Rebeca
isso de nadar em
pingo d’água me dá
nós na garganta
bem que Chica me
avisou o quão você
se apraz em desfiar
camândula em cascatas
e mais cascatas de
prantos e queixas
bem que me advertiu
já desde Sumé
e eu que nem lhe dei crédito
só mandinga em pé de urze
só pau de chuva e passiflora
pra acalmar essa zita

jenipapo

vou logo dizendo
que hoje tô azeda
feito jambo verde
e não tem jaguar
onça jaguatirica
felino qualquer que
me demova da noite escura
céu de Orobó até estremece
não tem quasar nem
lua nova é brio de nanã
força inglória mesmo
descabe em ânfora
estoura talismã e
não tem muxoxo nem
aroeira que dê conta

marchinha

acordei sonora menina
pega pra dançar que a nódoa
se esvai feito maresia em
Rio do Fogo. pega no ganzá feito
bumerangue tonto caído do
centro da terra. arrastando
temporais mares de areias em boca
de caieira. acordei sedenta
mainha. com sede de mar revolto

farofa

e deixa de lero-lero si vous plait
me poupe desse papinho raso
chega de salamaleque pra cima
de *moi*. lá vem você com essa
conversa mole de feminino frágil
extraviado desavisado inadequado
e outras balelas de Uauá. vai lavar
uma louça. vai limpar um chão
tô mais é a fim de fazer vibrar o
agogô até cair no fuzuê com o moço
lindo do badauê no deserto da paixão

perrengue

desemboca no Gantois menina veja o
caso daquele pobre-diabo sim ele mesmo o
das lentes moles que ficava te atiçando sem trégua
lá na igrejinha da Penha jogando aquele lero aquele papo
basbaque de sempre bancando o desconstruído
desde que te deixou a ver navios rumou
pro sertão atrás de um rabo de saia
dizem que perdeu o rumo e plantou-se numa
ladainha que até hoje dura com um pé de sapoti

bumerangue

prazer em conhecer-te sou o
náufrago da Vila dos Remédios
de tanto acalmar mediar
bancar o guia de cegos
rezar o terço buscar o nexo
caí em brasas borbulhosas
sucumbi na soalheira dos bem
intencionados melhor o ziguezague
dos ébrios melhor água boa
na boca dos apetites insatisfeitos

vicioso

tô sequioso de um mexerico. de um
fuzuê. de uma boa fuzarca. essa vida
confinada ninguém merece. cadê
realejo da Ilha do Cachimbão?
cadê vestido de cambraia de moça
alvissareira igual enguia doida
pra garrotear uma presa? cadê?
catraieiro aposentado é o mais
triste que há. jururu é pouco.
só afundando na cachaça. só

melê

e chega desse chove não molha
a lâmpada já estourou o leite já
derramou e tu aí a obumbrar
qualquer faísca de desejo. qualquer
esboço de doçura. qualquer balinha
de coco que ameace lambuzar a
boca. qualquer remelexo no Cariri
banjo flauta cuíca ou maracazinho
qualquer do repertório meu
do carimbó enfurecido
fumegando cortejo adentro

salamaleque

escapa da cristaleira um resto de
luz atravessando a pétala do
narciso que você pousou
na xicrinha de café
feito feitiço de Banzaê
me trouxe flores aquarela
e um poema de Hafez
pra espantar
o banzo o seu
sempre à espreita
sedento de um
restinho de gris
até puxei pra fora
atabaque e berimbau
puxei a roda e você veio
paranauê paranauê paraná

letra

axila. adoro essa palavra. o modo como
é preciso levantar a língua pra chegar até
o final lá. pura volúpia. lenço também
adoro. quando a língua se levanta no
começo da viagem. axila. lenço. axila.
lenço. axila. lenço. dá pra bailar um
carnaval inteiro em Olinda. axila lenço
axila a bailar bailar bailar. é preciso
projetar a língua na avenida pra
bailar um ijexá. bailar no Muzenza
no Malê debalê ao som do afoxé bailar no
fio do agogô até o Curuzu com o Ilê Aiyê

marítima

quando o fogo do sonho
derramar-se em ocarina
vou cozinhar licuri
em palha de bananeira
e pegar uma carona
das rajadas de Paracuru
ao rastro da voz magenta
e melódica da sibila

ao chegar em leito
de fissurellas róseas
a ti direi _ falha mais
*falha melhor*_ meu amor

crawl

maldita cicatriz
voltou a brasear
de novo o fervor
das têmporas
zumbindo na cabeça
aquela bateção de axicô
nona sinfonia
batuque debaixo
dos coqueirais de Aquiraz
piano jogado às traças
esburacado virado
em pau de canoa
chega de bater
na mesma tecla
nada de alívio
pra respirar nada de
zero antes do um
nado às cegas

entre galhos, peixes

zéfiro

outra vez improviso um
alinhavo embrenhada em meio ao
bambuzal guiada pelo esfuzio das
cigarras. os pés afundados
naquele chão areento. constelado de
formigas e liquens de outras eras
as palavras me escapam feito
tainhas-de-boca-grande

fruto proibido

a jarra d'água repousa sobre a
mesinha de juta. o ladrilho de vidro
reflete verdes mastigando
átomos de carbono. coco antes
do coqueiro. catraia sem luar

a jarra se rompe em mil pedaços o
líquido entorna
embaralhando a sosseguidão
foi quando Ceuci devorou o mapati
suco de fruta escorrendo
por entre as coxas
maculando a madrugada
turvando as águas
do Jurupari

tupi or not tupi

kairós

algo me alonjura dos ofós de Aroni
das infusões e folhagens
qual medusas flutuantes
peixe-ogro içando boias náuticas

margens estateladas
no cruzamento do rio
com o mar
ewé òrìsà
raízes decifram
charadas de inhames
e morangas

um vulto invade
meu pensamento
no exato momento
em que o raio
encontra o trovão

religião

de novo os tambores de Orum a retumbar
fazendo tremer as oferendas do retábulo
despertando revoadas a insuflar
orlas de nuvens. dolência. baixemos
os olhos. antes que certo transe viageiro atice o
escarcéu dos oceanos com seus tsunamis
em ambas as margens do istmo
tragam-me flor de laranjeira. água sal
ervas e as folhas para o banho

magnólia

relampeia. ela chega ofegante
tomada pelo som das maracas
improvisa uma salsa emendando
uma rumba e despenca. criatura
volátil do desassossego. corpo caído
qual fruta madura. não diz palavra
envolvo seu rosto encharcado e ainda
quente em meu quimono. cheirando
a cachaça levanta. cambaleia. passos
trôpegos. estranho trançado. relampeia

física

pura selvageria
o som do flautim
arrebentando
o frasco de formol e éter
onde repousas as presas
daquele animal ferino
de quem aprendeste
as aflições de Andrômeda
a induzir-te ao erro
        (e à maravilha)

oceanografia

navego em alto-mar
penduro odes à noite
canoa furada
sobrevoa nebulosa oscilante
sob o trapiche flutuante
rezo adágios para acalmar
baiacus e retomo o périplo

nas profundezas do Hades
peço um chá para dois

respiração artificial

terrário é o lugar onde
animais rastejantes
crescem em
águas cromáticas
navegam até que
martim-pescador
em sobrevoo
pesque a palavra
lançando-a nos sulcos
abertos de uma frase
resto de sílaba crispada
sal da vida dissolvida
na língua dos répteis

arapuca

basta sentir o cheiro úmido da terra
pouco a pouco asteroides rompem-se
em mínimas moléculas
o tubo de ar pelo qual o pescoço
se prendia após leve tremor
se alarga mansamente
sem fricção ou atrito e antes que
algo o arraste pelo ar
o ímpio animalzinho
se desprende
ofegante

ainda poderemos respirar
do lado de fora da palavra?

pareja

à beira do átrio murmuram
desertos abarrotados
de carcaças de animais
céus lama e ossos
jogados às traças
à espera de ninguém
suave penugem
no coração do deserto
sonha um oásis
silvam begônias
vaporosas
erguem as suas raízes
ávidas de paixão por
um gato siamês

plantês

sonhei um sonho em que as frases
decantam-se em sândalo e alecrim
secretam linguagem cambaleante
entre o chulo e o vegetal

ou você não sabia que as plantas falam
um idioma fúcsia apuado?

a língua plântea é mantra profundo
imantado de denso sarcasmo
aparentado aos sussurros dos mariscos
seus vizinhos ancestrais
quando as criaturas amazônicas
eram ainda espécies marinhas
ondeante refluir
de vogais sem consoantes
língua infinda aquosa
das libélulas
língua feita pra nadar

segredo

isto é quase luz
porque a luz não sabe
que se chama: luz
ela atende por tantos
outros nomes: azuláceo
vivaz bendenguê piano aquático
pingo de chuva gameleira
e até embarcação
basta chamá-la sussurrando
baixinho: quebra-mar
ventarola goivo ventilador
ou mudando o tom e desde
então vocifero treva imensa
e ainda assim ela me atende
bastando escutar a sua música
e a língua me fere de
levezas brincando com o
cochicho da brisa com o varal
basta chamá-la de mansinho
que o temor desliza entre
seixos escorregadios até que
a fulgência do riso se
espraie até que o acaso
grite: silêncio! mas
continuo a chamá-la
bem baixinho em tom
quase inaudível: é quando
lânguida ela se espraia

videira

escrevo porque no interior das seriguelas
resmungam buganvílias escrevo
enquanto as noites das sucuris avançam
no íntimo dos dias incrédulos acídulos
lancinantes escrevo porque longe dos
ossos dissolvo o veneno das manhãs
em conchinhas do mar escrevo enquanto
entoo com fervor uma ária lusitana
em meio às águas caudalosas do
chuveiro respirando o vapor úmido
sedenta daquela noite de amor
na sala de banho turco em que
exalavas almíscar e hortelã

os ventos sobre as jangadas
vêm avisar que chegou a hora
veja que a bacia d'água entornou
encharcando a fibra do dendê
veja que anoitece só que por dentro
veja que o sabre não corta o verão

quiproquó

– agridoce, disse a tainha para o espelho na
cômoda, que lhe respondeu: – nunc stans
a planta carnívora entrou na conversa
retrucando eriçada: – seiva saliva amapola
até que o gramofone vociferou: – a luz não
morde, provocando intensos rubores em
todos os palestrantes, especialmente na
rachadura, que se defendeu, convicta:
– fuligem! incitando o realejo enquanto
zune enfurecido o caramujo na sombra

arabescos

desexplicar-se. é isso o que faz
o poeta. ele desexplica frescor
de penumbra desatando mãos
também as folhas de menta a libertar
as bocas sedentas de ceifas e vinhos
de todas as eras sôfregas de fervores
invernais. desexplica os gritos de socorro
pra ninguém. não é preciso alçar a voz
para sobrenadar a soalheira terrina
das redomas de vidro. nada de golpes de
martelo. basta o tinido das cordas do
bandolim. é isso que o poeta faz bem

tento agarrar a sombra da jarra na mesa mas não consigo. distraio-me com a brisa adormecida dentro da cuia da erva colhida naquele mesmo dia em que atordoada derrubei o tapume enquanto subia as miríades de degraus d'água bem ali no cruzamento entre o Jangada e o Chopin. A viagem parece não ter fim. Rodopio respirando aquela espécie de calor animalesco a incinerar qualquer vestígio de pensamento. Meu ímpeto só se amaina com ladainha de amansar biriva sonante litania a transportar-me ao brumoso bosque de cedros. É preciso continuar. Embarco num vapor no Guaíba cruzando a Lagoa dos Patos até o porto marítmo de Rio Grande e de lá mareio um outro tanto até Paranaguá. Adormeço de tanta tontura. Há um pedaço de história semiapagado. Por terra tudo é sertão desvario amplidão. Avidez de trilhos rasgando o saibro. Solama esturricando o taquaral. O café robusto na chegada. Xícara morna aquecendo as mãos. O alento da terra firme só vem mesmo com a promessa de pouso. Falta pouco e tanto, penso encaraptada nos muares recostados entre os jacás e a tarimba. Entre sono e vigília vem a imagem daquela mulher dando à luz às margens do Lageado, chuleando a cria, a voz levada pela brisa imiscuída no grito da vida quando nasce. Já é Campos de Palmas, Xanxerê antes do amanhecer e logo Nonohay. no no hay na parede da cozinha poemas para ler na sombra. isto não é xequerê é uivo tonto. ouço de novo as lascas daquela tempestade. bamboleio de palmeiras embaladas pelo batuque dos bongôs. roçar de cascalho escalavrando os corpos entregues um ao outro. marulhamos guiados pela chispa intermitente do farol penetrando o tempo dilatado do aquático e suas criaturas. quase noite. avistamos ao longe o quiosque e do outro lado da baía a luzinha emitida pela torre da igrejinha. os recifes de corais apinhados de peixinhos multicores e o mar ao redor. crepúsculo brandor de penumbras nenhuma nuvem. nós em nó sem lua as nuvens abaixo o mar acima *líquido céu que me semeia sóis no coração*

os mantimentos na pia esperando o ritual
semanal do álcool em gel água e sabão

o voo

o vaso de terracota resolveu carregar um piano nas costas de tanto patinar naquele chove não molha, de tanto delirar solilóquios em seu ardente desejo de ser tragado pelo dolceamaro, o vaso de terracota concluiu: são loucos todos os objetos. e lançou-se no espaço sideral

balalaica

a ostra flutua ao acaso
inútil como a espuma
nada sabe das manhãs
precisa da água-viva a
bicar o luar com seu
lenço de ervas
do cheiro aquoso
das raízes marinhas

a ostra abandona-se ao barco
ao ziguezaguear do que
vive entre ventos
insuflando espirais de maresias
e anêmonas do mar

enquanto isso
indóceis as consoantes
segredam com as vogais

pouso de emergência

pobre gafanhoto a vibrar turvo por dentro
debatendo-se no fundo sem fundo do
céu estrelado ferindo a linguagem com suas
tormentas abriu o paraquedas em meio à
neblina pobre gafanhoto aterrissou rente
ao fogaréu em voo solo e rasante
agarrou-se ao sobreiro pobre gafanhoto
afogou-se no frasco de perfume francês

magia

fecham-se em fuga os meus olhos
levados pela batida do mais sublime
dos instrumentos de percussão
embalados por ela e Liszt
por seus dedos ágeis sibilantes
suas mãos são o contrário da mansidão
desencavam das teclas harmonias ocultas
odes de madeira secretas
em estonteante cintilação
negra luz a banhar-me
sonoras delícias
ela sorri enquanto toca
                                        vigorosa
o destino vai embora
de encontro ao ato

abopagé é trova na boca a arder que nem pimenta
malagueta ecodidé língua afiada fogo na goela
quizila desafogando a viração na varanda alta noite
avança fumegando no fundo lúgubre do charco
urutu canta pra odé pálpebra abrindo-se e fechando-se
vigera luz brumosa em odes a obaluaê entoando aquelas
palavras intocadas atocaiadas pela decência e o pudor
tumaiô sardônico endiabrado a desenhar círculos
no vazio de mupatã iá mi oxorongá avoando na ardesia
de lamalã proseando na esquina com oxotocanxoxô que
não quer saber de nada só de butuca na conversa de oiá
igual ouriço do mar encroado sabra espinhoso por fora e
doce por dentro só que o dentro não chega cabugó intocado
feito zabumba por baixo das vazantes de moqui roendo a
palavra quando ela brota malês da grota do olho d'água

pirilampo

habitas arroios
límpida lágrima
vazando
tremeluzente
lá da ponte do acaba mundo
vês o luar derretendo
horas e horas a fio
atravessando nascentes
alumiando o trançado das águas
claras e escuras do Jequitinhonha
úmida de lúcida
desaparição

sorte

quando a escuridão
acende os pirilampos
e o crocitar das aves de rapina
anuncia o desconcerto das manhãs
o poço sem fundo vocifera:
– a raiz da palavra é sopro

mareada no tombadilho do navio
desprovido de waze google maps ou
qualquer outro sistema de orientação
procuro as pontas das estrelas

talhado entre as melancias e os pomelos
o dia desmaia

se a raiz da palavra é sopro
sua flor é moléstia que inflama
seu ventre barafunda
nesga de ar encanado
tragado em terra vexada

um lance de dados
jamais abole o acaso

os dados revoam
sobre a madeira carcomida do
convés
até parar no zero

aquário

você me pergunta sardônico
enfastiado de sarcasmo por que
não estou ali de prontidão sempre
e a qualquer momento para atender
aos seus caprichos e apelos
impávida como uma obsidiana perdida
por dentro das gretas do jirau respondo
que não estou ali porque ninguém
consegue pegar na voz da mutuca
você retruca irado que está cagando
pra cambada de enguias e plânctons e
pra todo tipo de criaturas abissais
que habitam oceanos e seus grunhidos
letargos a vicejar o derradeiro
instante de encher a boca e dizer
xeque-mate______ fim de jogo
        uma mulher é como voz de mutuca
        vocifera a despejar impiamente
        sulfurosos vapores
        trancado em banzo e jaça
        enredado no labirinto dos pensamentos
        até deixar-se abater pelo sono
        ou pelo ocaso a percutir o oco
        e friccionar obstinadamente as letras embaralhando
        as sílabas de todas das palavras do dicionário

cristalino

dorme a
casa de vidro
sob os anéis de saturno
envolta em silêncios à
hora mais escura

pingos de chuva e granizo
estalam nas calhas do telhado
derramando-se sobre a
folhagem da varanda

adormeço com o dia
sob as pálpebras
entre luta contra o sono
e efetiva vigília

a imagem do animal em fúrias
arrastando-me pelos cabelos
na calada da noite
meu corpo em brasas

à sombra de invencível desmemória
desperto do sonho dentro do sonho
a luz da candeia infiltrando-se elíptica
embrenhada às fissuras da pele
sangue pisado e vento
tênue carnadura gris

o perfume terroso das raízes
entranha por todos os poros
mal recolho as roupas do varal e
a fumaça do incenso penetra
o silêncio das paredes

um grito perpassa despertando os corvos
trazendo consigo o espectro
daquele homem sem rosto mais
velho que as índias
a perambular por entre os cômodos
enquanto pela porta dos fundos
meu olhar foge
e mesmo querendo furtar-se
encontra o seu

em vez de pupilas
pérolas negras
um tigre em águas fundas
engastado no intestino das trevas
avança irrefreável
em minha direção

aquele furtivo encontro de olhares
subtraídos da visão

corrói muito mais

ainda

cafundó

ela tocou o limite
cozinhando resposta
entre o linho do lençol e
a lua deitada no pomar
flor de pequi
rasgando a bruma
goiaba bichada
desgrenho de folhagem
seriema brava
ressurge do ocaso

suasso de asas
esfuzio de vespas
bugiar de sagui

shssssssssssssss

voo livre

de novo o velejador
a dedilhar o seu piano aquático
levando-me àquela espécie
de delírio musical do qual
esbravejo antes de partir
meus lábios resistem
corpo-ouriço a rolar
pelos recifes de corais
cardumes cintilantes
em passo abissal
rabo de arraia solta
a entoar brando
chacoalhar
até o quasar
quase-silêncio

transe

quarenta e cinco graus centígrados o
ventilador range estridente na soalheira
da noite insone meus olhos fixados na
aranha fiandeira a tecer inabalável
translúcida teia que já toma todo o teto da
biboca prossigo tateante agora a teia
se desdobra rumo aos igarapés e
a brisa das miríades de afluentes
do Solimões desaguando em vazantes
agora sou tucuxi em pleno adejo

dobras

lucidez ao avesso
esparramando-se
aos quatro ventos
tempestade surrealista
nox et lux amalgamados
deleito-me em enganos
como se espelho houvesse
como fiel retrato de coisa qualquer
que se aproxime dos sentimentos
- sortilégio: soprava-me o espelho
cioso do secreto fascínio do olhar
sobre todas as coisas
– a palavra sorve a Coisa
sussurrava-me ainda
subsumido em seu
próprio reflexo

deixando-me engrolar
entre fagulhas e remansos
tropeço nas margens da volúpia

mãos sorvem línguas escutam narinas tateiam

reptílicas

dissolvo o veneno da naja enquanto soa suave a vitrola na sala. uma talagada de rum corpo arisco e mezzo ébrio já que matreira é a noite. despejo no aqueduto palavras indolentes sob a chama do abajur em vê. elixir da vida fracionando o veneno injetado nas cordas vocais.

dissipada a malignidade da cobra criada inalo o zum-zum-zum das vozes perfurando a laje embaralhando-se ao sino do mosteiro a soar distante

> no herbário dos rouxinóis tudo é gladíolo e lura e me anuvio em ilusões

tu chegas com teu chapéu panamá sorriso vadio nos lábios um violão na mão despejas delícias na toalha xadrez e lambuzas minha boca em melaço de cana misturado à pesca do dia. tainhas e merluzas debatem-se contra o trançado do cesto em agonizante privação. água fresca a um palmo das escamas ressequidas

> grão de areia infiltrando-se entre concha manto e camada nacarada

> uma verruga é expelida... acontece a pérola

não sei por que baixios e restingas erraste a colher rosas nas correntezas trazendo convés cheiro de vento e maresias levando junto a escuridão das pupilas

> entorpecida desfaleço sob matizes do ocaso

um golpe de ar gélido atravessa-me a traqueia quando sou surpreendida pelo olhar vazio dos vermelhos apinhados no cabaz. aqueles olhos vítreos findo o derradeiro sopro depois que a vida cessa. chuva escorrendo pelas narinas dos trópicos. as suas cores esfuziantes. rabo de arraia e martelo seguidos de uma meia-lua. *agradeço ao meu amor por me livrar da liberdade,* diz a capivara de Chacal, surfando *onda inchada*

bela em solidão
em sua algidez férrea o gelo paralisa
rubros afetos
enquanto me entrego à sombra da
velha castanheira

ritornello

dissolvo o veneno
da naja
enquanto soa suave
a vitrola na sala
dissolvo a naja
na sala enquanto
o veneno da vitrola
suave soa
enquanto a naja
soa suave na vitrola
dissolvo a sala
no veneno
soa o veneno na sala
da vitrola naja
enquanto dissolvo
suave

enluaradas

sem filtro

retina e vazio
para acender
tímpanos e tez
arrepio assovio
frescor de sereno
quebra-sol
plantas carnívoras
sussurram-me
em segredo
ouça as palavras
quando escritas

Cala Luna

o vermelho flameja
à espreita do pescador
desde sempre ali
plantado entre escolhos
ardendo sem queimar
à espera das sardinhas

mesa posta
vela rubi
toalha de renda
estendida sob a pérgola
tarantella e zampogna
pecorino alla tavola

marinho

assim começa a noite
teu sopro quente
em meus ouvidos
e o zum-zum-zum ruidoso
de certas palavras
a imitar bule de café
em fogão de lenha
mercado de peixes
a ternura dos cestos de umbus
em areia de praia
flutuam ao sabor das correntes
junco uva verde tangerina
mirra chispa filigrana
açucarados devaneios

polaroid

volátil a névoa
verte uma lágrima
o céu alvorece
à flor da pele
em brisa seiva
salitre saliva
o cacto sonha
apagar o sol
o seixo cintila
indiferente

cegueira

ocres olhos de coríndon miram às cegas olhos
de hera avançando pelo trapiche olhos de macaxeira
gengibre e pequizeiro olhos de sisal e fibra vegetal
também olhos de piscina antes da natação
e dos corpos entorpecidos após incêndios
de amor olhos de enxergar o que o silêncio
escuta e não adianta colocar os óculos para
ver as chuvas nem sequer os sonhos

núpcias

banho de cócoras
aceso em maresias
luz de velas
alimentadas pelo siroco
a soprar daquele terrário
em Cala Gonone
águas aromáticas
levam embora púcaro
e batida de gongo
doce soledade flagra
chama em voo rasante
acendendo martim
o sonhador

floral

dentro do fogo
velha cantiga
a voz se amplia
velha cantiga
por dentro trepida
velha cantiga
enlevo e agonia
velha cantiga
corrói olhos
velha cantiga
à beira do precipício
velha cantiga
cantarolando
jasmim estrela

já faz um ano que você me deu jacintos

ele deu de abreviar a vida. os gânglios entumecidos. a contagem periódica de CD4. o coquetel diário e zat zat zat zat zat zat zuniam os linfócitos destrambelhados. seu corpo minguando. a sutil paranoia se acentuando segregando miríades de perseguidores a vaticinar que bastavam alguns metros de corda e estaria qual veio ao mundo. o pescoço ladeado pelo cordão umbilical

enviara-me cartas da rua do farol e depois do colibri. de onde acompanhava a lua e as marés. chegou-me na Corso Umberto aquele CD do Renato Russo cantando em italiano. equilíbrio distante

pouco antes de partir o carteiro e o poeta. na capa azul o mar imenso a orla e um microfone afundando na areia. inclinando-se de mansinho às ondas. onças. avançando docemente. ferozmente. a dedicatória dizia da premência de enviar-me um recado. sobre amor morrer germinar. havia já gravado o *repicado suave dos sininhos pequenos quando o vento bate neles.* o campanário junto ao mar e a rebentação nas rocas. depois o som das gaivotas. estranhos besouros. pernilongos ferozes. voos de borboletas de todos os tipos e espécies. e então *o silêncio das estrelas*

vulcânicas

paisagens mudas
inundam Marechiaro
o Vesúvio formiga em
chamas e cinzas
nuvens secam
rosas-do-deserto
paredes ocultam
o inaudível
lençol freático minando
arrastando consigo
verbena santolina
aroeira e girassol
cipreste e caracol
em luta inglória
as ruínas de Pompeia
recolhidas na cumbuca

alimentava-se de Gide, os frutos da terra. Pasolini, teorema. às vezes levava também Borges à beira do Omodeo. elogio da sombra. sempre pouco antes do ocaso. ao entardecer: inferno, purgatório, paraíso, sequenciados. religiosamente. chegavam-lhe em pacotes de pão quentinho direto da biblioteca do monastério. fazia-lhe entregas semanais. quanto mais estrelada a noite mais fecunda a leitura. dormi mecum

Carloforte

estranha luz derramada
do vazio das pupilas
imagens costuradas
entre pelos e goelas
a sulcar fina melodia

sussurro de pélago
a pender por um fio
raízes em saltarello
bailam com agaves

navalha afiada
corta-tripas
de polipropileno
arabescos em vertigem
mise en abyme

Ghilarza

leio um fragmento
daquele livro inaudito
I nutrimenti terrestri
ouço a tua voz
misturada aos ruídos
que atravessam os
muros milenares
do Nuraghe Losa
tua voz se alastrando
lugarosa penetrando
os meus ouvidos
percorrendo a espinha
até pousar no plexo tua
voz de peixe ébrio voz
de marulho em praia
enluarada me fere de
leveza tua voz deságua
incessante molha o dentro
o fora inunda o tálamo
flutua e navega tua voz
guarda o peso
da tua ausência
visgo nesga enseada
Paludes

ensina-me a trair. lânguida. enluarada. ensina-me a abrir poros na linguagem. sucinta em rascante corte. pedra de nulidade rolando viela abaixo riscando o arco do não dito. fazê-lo urrar ou apenas sussurrar. fracassa, fracassa melhor. fracassa como quem sabe que a morte é a crista da língua. cristal da vida. que tudo é perda e de perda se nutre. ti voglio bene ele disse desenhando com o dedo no vidro embaçado depois de dar umas vinte mil voltas naquele lago. depois de recitar borges docemente. o primeiro poema, elogio de la sombra. ele, que amava borges mais que a si próprio. o que ele queria dizer com ti voglio bene? que me quer? me deseja? quer me levar pra cama? quer arrancar a minha roupa ali mesmo no meio da tempestade até desaguar dentro de mim? como é que se diz eu te amo em italiano? em outra língua amor é um sentimento diferente? queria sentir a aderência daquela língua em minha pele. daquela frase. do que ela quer dizer. do que ela reverbera. só sei que me senti incontornável. um tremor tomou meu corpo ao escutá-lo dizer aquilo. sua voz tremia. tudo tremia junto com os pingos da chuva que amainava. pinga e pinga e pinga e pinga ainda. perfurando a névoa

inutilidade

o luar avança sobre a relva
pressinto o pulso das palavras lançando-me
como só os camicases se lançam ao sabor das correntes
ultramarinas enquanto penso na resposta para o enigma
soprado pelo mistral: e se em vez de escrever com
palavras eu escrevesse com rajadas de vento?
mas isto não é cítara, Antônia, é antes
sonhar acordada, ouça bem o cântico das romãs maduras
e depois morda a sua polpa suculenta até sorver
todo o seu sabor e fartar-se de doçura
ou então, para que servem as palavras, se não
para lambuzar-se de todo tipo de delícias
e delírios inventados?
orvalho de manhã cedinho encharcando a terra queimada
ou aquela xícara rachada que você trouxe com tanto zelo
de Fira porque lembrava o chá verde diante do vulcão
inebriada de azuis em meio ao arco do Egeu
com seus aquedutos mergulhados em lugar algum
para quê, senão para ao dizer: quartzo
sentir o zumbido das abelhas na ponta da língua?
e tremer ao timbre da tuba do faraó enquanto o verão
viceja no espelho das águas e cantas a plenos pulmões
meu fado predileto, afiado em agulha de vitrola
cantarolando ao sabor dos caudais do mundo
pagão e dos teus desejos mais inconfessáveis
se não, para que servem as palavras?

linha d’água

Celan e as medusas

era como dançar butô
no cimo do glaciar
presa em *boias de amor*
um pico-de-gelo
reúne os sons

entregue à penumbra
o lume de letras vindo
por entre músculos ressequidos
a linha d'água
pinta e borda tudo
a neve não cessa de cair

extraviada em meio às medusas
ela profana a arquitetura das geleiras

enleada ao vazio alvar
abandona-se à *noite superestrelada*
gravada na escama de peixe
deixando escapulir a vida
bem rente às peônias
trincadas entre os dentes

Para sempre Sophia

os farrapos da poeta
pescada pelo poema
se esparramam pelos
cantos do cubículo

ela para de respirar
o coração chumbado
cede ao gris macerado
em lírica dolência
a aranha tece a sua teia
inabalável
o tempo
infeliz ficção
de fervoroso amante
levado pelo dilúvio do céu
em noites ao invés de dias
a lua no lugar do sol
derrama-se

fado final
depois de tudo

a noite rendida sob os lençóis
não via a dor nem a pedra nem o vento
    só então saí das minhas trevas
    diluída em reflexos carregada
    pelas ondas como o sopro pela luz
        a brisa aninhada sob o travesseiro
        atiçava o capinzal e o cochicho do mar
        entrando de mansinho pelas coxas
        cosquilhando o ventre entre silêncios
            ferindo a língua de levezas
            fios de seda a brotar das mãos abertas
            como folhagens tragando até a última gota
            a vida derramada das estrelas marinhas

  lábios escoriados sussurram entre ranhuras e
  sangue e suor
  os versos do realejo em estribilho
  acima a clareira abaixo o céu e
      um pouco mais abaixo ainda a doçura
          infernal do teu sexo naquele tempo
              extático das luas entre ramagens e pele
                  e gozo diluídos nos interstícios das
                      palavras desditas depois do amor

Maiakóvski e a jabuticaba azul

os olhos sombrios de Lílik são
átomos de carbono propagando-se
na atmosfera sulfurosa do seu peito
em notas agudas e sopros febris
um raio de som escuro perfuma
como flecha pontiaguda o cordoso
kaiowá pouco dado aos ardis de sua
alma fêmea a escrever sobre mandarinas
em monossilábicas linhas lilases
reverberando retumbâncias
e mananciais de amor partido em
mil pedaços e pedra e cinza e sal

O rinoceronte

um ninho de tristeza se instalou
na boca de Maia quando sua
Liliók partiu sem olhar para trás
o rinoceronte abissal da
melancolia se aninha
quando aqueles que
amam o amor o veem
escorrer como os pingos de
chuva pela vidraria
se dissipando até o nada
em terrores antigos e
revisitados a escorregar
lentamente sobre as paredes
de sua garganta vazia

Maia insistia
rinocerontemente
na impossível pergunta:
– você me ama?

Contorções com Artaud

como seria viver sem a conjectura
do inferno? seria tão desejável assim?
será que o desejável não seria
apenas e tão somente a ideia de
que seja possível sair do inferno para
continuar a gozar das suas delícias?
aquelas retratadas por Bosch
com suas tripas e urina
e delírio em seu jardim
permanecendo ali dentro e
fora dele ao mesmo tempo?

Águas rubras com Hilda

como se te sorvesse, assim te sinto
como se não fosses homem inteiro
(*favas douradas sob* um braseiro)
sorvendo-te ainda um pouco mais
apreendo-te brusco, implacável
te respiro torpe, amável

luze-luze em águas fundas
a mim mesma me incinero
azougue, arpão, irisado brasão
alçada em férreo portão berro
em pranto eu mesma diluída
no dissoluto de toda desmedida

como se te extraviasses em dez mil tormentas
como se contornando as mil voltas de teu desatino
comovente náufrago, a ti destinada, assim me afogo
ébria de fervores e de tremores inundada

Leminski e a página

esta página arrancada
não nasceu pra ser vida
nasceu como breve sopro
alguma coisa que escapa
estala fagulha *caída*
vagueia à deriva delira
sonhando ser margem ser praia
centauro pandora *andrômeda*
sílaba sentida e então esquecida
dissipada no pó de estrelas
dissoluta rasurada à beira-mar
esta página apagada é a
que não nasceu ainda
palavra trazida do limbo dos
surdos e dos sós pelas turvas
águas do rio negro fosco papiro
nem ídiche nem *sânscrito* ou iorubá
tupi guarani *ao pé do ouvido*
itaperoá itaipó bruta pedra
mandinga *vidro* roto encruzilhada
é assim que é o pó e a estrada
página lavrada palavra trincada

Lalingua com João da Cruz

lamalina é esta inflamação
de amor que tal como dizias
não é sentida logo no princípio
da noite escura o fato é que

não compreendendo esta
intraduzível focácea a alma
não lhe dá nabarola e zínvea
inflamando-se de desejo

seja pela impureza dos híbridos afetos
seja por ogúria não permite que se
manifeste em úreas e iligates

e quanto mais xumaronea mais se vai aumentando
nela essa afeição gorula e inflamada de amor trocanes
sem que saiba como ou donde lhe nasce fuganes

Lorca e os vendavais

amor de minhas entranhas doce voragem
em vão espero qualquer vestígio de palavra escrita
e penso em turbilhões turvados de afetos inomináveis
e se vivo sem mim é para melhor perder-te

no ar vaguei inerme. o rochedo nem crepita
nem conhece a sombra nem a ressuscita
coração inflamado mergulhado em devaneios
o fel gelado imiscuído aos teus rodeios

porém eu te sorvi. rasguei-me as veias
banhei-me em teus enganos viços e vícios
em duelo de tormentas eu me perdi

esvaziada *de palavras a minha loucura*
permita-me viver tua face serena oh noite d'alma
numinosa e sempre e cada vez mais escura

Poetry session com Joyce & Fátima Pinheiro

pouso d'olhar sobre
mares de linguagem
preamar baix'amar
sim, é lamínula d'água
palavras pálidas do pélago
aos pares rebrilhando na turva maré
vestígios murmurantes
lampejos luzidios espargidos de coisas
lampejos moventes vertidos em poema
derramamentos desejantes
secreções poéticas minando os
interstícios dos corpos em dilúvio
polpa apalpando silêncios
e nadas

O tubarão

Para Fernando José Karl (em memória)

foi quando o coração de quem *condançava* música
em poesia. aquele para quem a crueza do verbo encontrava
abrigo na carne da palavra. parou de bater o coração parou
à beira do abismo. ele parou quando o verbo se fez carne
quando através da palavra pedra
ele encontra a carne da pedra
antes de seu coração parar de bater ele dizia que em
água muito clara não tem peixe
pouco antes ele evocou o voo de um
tubarão emergindo da água imenso ele
me dizia que escrever tem a ver com isso
o poema surgindo como esse tubarão
cujo movimento é de uma precisão de uma ferocidade e
de uma genuína espontaneidade
isso me tocou fundo porque nunca antes havia sentido ou
concebido a ferocidade disjunta da crueldade e da
maleza e menos ainda havia sentido a escrita
em sua genuína ferocidade
assim tão espontânea e límpida tão precisa
enquanto o escutava uma furtiva lágrima se desprendia
rolando pela face. quando o seu coração parou de bater
sem qualquer prévio sinal de cansaço
senti (o quão breve é)
o batimento de uma vida.

Hiatus com Lacan

sem lei abissal lacuna meu corpo habita
insustentável volúpia entre dizer menos e
dizer mais contumaz abandono
incessante presença sonora solidão

secreta passagem escavar é preciso
ainda que infinita seja a ânsia e
ativa seja a espera *atravesso voss'água*
desabo no chão duro onde o ser se eleva

oh amor que se consome inteiro
espessa penumbra em frenética vertigem
dócil seja teu compadecer

conceda-me breve repouso incessante sede
por ínfimo instante que seja lá onde amar
coincida com o implacável repouso dos sentidos

Flamejante Alejandra

é Circe quem se despe no paraíso de sua desmemória
dobrando-se ao feroz destino dos seus quebrantos
ela tem medo de não mais se desvencilhar das
criaturas por ela transformadas em presas
porcos, elefantes, animais marinhos
curvada sob o que não existe ela lambe o sal
o lugar da ferida, lá onde falas
com a fera que te habita sussurrando
ao pé do ouvido: vem criatura horrenda
face lúcida e tenebrosa de *minha vida*
vem celebrar as tuas núpcias com o objeto indescritível!

a cerimônia não durará mais
que alguns incontáveis minutos
a selar este improvável enlace entre anjo e demônio
impunemente celebrado sob a tormenta
escalenas criaturas desfilam ao redor de
miríades de obscenos vitrais
brindando sem deixar vestígios
derramando-se em dez mil e uma luas sob a soleira
desfazendo-se ante o conjugo da imensidão estelar
e o núcleo magmático das trevas

eu te reconheço em mim monstruosa criatura
a mais resplandecentemente obscura

Mar, Baudelaire e a octopus

a vida secreta dos moluscos
sanha predatória dos tubarões farejadores
tinta opaca camuflagem a existência das vulvas

as mulheres são todas iguais

numa mulher lábios e alma são feitos do mesmo tecido
viscoso assim como saliva suor urina e lágrimas
em diáfano enlevo. do mesmo tramo
diferentemente da octopus uma mulher
não se priva de alimento enquanto gesta
não precisa morrer ao dar à luz

presa adorada carcaça perfumada devorada
maná de anequins. atávico pranto na hora mais grave
na hora mais viva. aquela do primeiro grão de
consciência. instantes antes do mergulho no ocaso

as mulheres são todas iguais

águas eclodem perfurando camadas freáticos lençóis
em dilacerante lucidez rasgando epiderme tecidos e
vísceras sem palavras que possam dizê-las. era aquilo
sem nome ainda

abissal criatura
a um só tempo
chaga e espada
membro e roda dentada
rosto e atroz bofete

Lusco-fusco com Germain Habert & Lawrence Flores

o azul é mais azul onde
a luz não alcança e o nexo rareia
é preciso romper os cristais da língua
bem rente aos vazios
perder-se em profusões
de buracos negros

desembarcados no sem nome

lá onde há mundos desabitados
e o coração é ventoso
aberto ao mergulho em
escuras águas

clangor gutural do mar primeiro

lá onde a vida é aquosa
os olhos são vivos e
a mirada plácida
lá onde não se sabe

se ave nada
ou se peixe revoa

semáforo

garoava. a Paulista apinhada de guarda-chuvas. jardim de tulipas invertidas suspensas no asfalto. bem bonito o contraste entre o cinza carregado de breu e aquela profusão de semicírculos multicores a girar pelos ares quando ainda se podia caminhar a passos leves pelas ruas de uma cidade qualquer

3:57 e o sono não chega. uma cena insiste como se quisesse desbragar algo silenciado. ríamos sem parar daquele enganche que insistia em não se desenganchar. entre meu anel e sua camisa. tudo ria e girava ao redor. já bem longe do fogo do isqueiro verde abacate que chegou para nos libertar daquele embaraço, quer dizer, nos incendiar

outrora era dada aos silêncios. já nos idos dos anos de súbito fibrila o elã desse tipo de amor que faz falar. com essa espécie de gente que gosta abraçar inteiramente e de caminhar lado a lado. caiu um pé d'água daqueles. com trovões e relâmpagos a riscar o céu. pus o açúcar mascavo no café e me arrependi. esqueci que não gosto mais de café com açúcar. queria pedir a conta e encarar logo aquele temporal e o trânsito intenso para Congonhas. mas a garçonete estava no maior papo com uma japa e seu boy. não bastasse a tempestade lá fora chovia também por dentro. é que nada sei de pontos finais. e o ar não chegava aos pulmões. todo retido na garganta. às vezes no peito ou no plexo. o oco da ausência se alastrando e tomando conta do espaço já inundado de tanto aguaceiro. pura falência febre vacuidade. esqueci o celular no canto da mesa e perdi o RG. nada de check-in. apenas o flash da minha avó chorando um rio. o altar da igreja trazia o cristo crucificado. as chagas e as gotículas de sangue escorrendo cruz abaixo. estávamos só nós duas. era o casamento daquela que teria sido a sua nora se o motorista caolho não tivesse cruzado o sinal.

quando li o título da coletânea da Szymborska que saiu pela Companhia quase acreditei. mesmo sabendo que se tratava de pura ironia. o fato é que quando despertei daquele idílio senti urgência e vazio. foi como despregar-me de uma vertigem. por que é que o corpo é sempre infinitamente mais lento que o intelecto nesses assuntos de desprendimento?

há certos umbrais que sei, não posso franquear. e se escorrego no autoengano o estrago cobra seu preço lançando-me no vórtice atemporal das satisfações angustiosas. quebranto insolúvel ao verbo e ao tempo. ao corte agudo da palavra. hoje perfuro com o poema a carne das entranhas disso. estranha fulgência. dizer sim ao que se permite afetado

não sei como cheguei em Confins. o celular ainda estava no canto da mesa e o RG guardado no caixa. acendi a lanterna. gosto de ler a letra da música quando a escuto pela primeira vez. ele me disse jocosamente que eu parecia uma velha coroca examinando as contas do aluguel nessa mesma noite de pé ao lado da porta do carro de repente um estampido seco. meu ombro esquerdo perfurado_______ sangra. o vermelho escorrendo tomando tudo___________________________________

constato atordoada

estou viva.

Uma nota

Lawrence Flores Pereira

Poucos sentimentos são tão ardilosos quanto a nostalgia: se por muito tempo somos imunes a ela, súbito ela nos revela suas prerrogativas. Surpreende-nos na forma de uma ressurgência sensória de um evento ou de um lugar ou de uma vivência. É diferente da memória, do lembrar, não raro desinvestido da sensorialidade do que foi vivido. A nostalgia é diversa, não é a reedição do passado, mas o frêmito imprevisível, nem sempre alegre, nem sempre triste, que nos assalta. Ela não traz de volta simplesmente, transmite de volta a nuvem do passado acrescido de algo que não estava presente no passado. O rio da infância e o sentimento do vivido retorna, mas só nos apossamos dele agora mediados pela reflexão: "o que vejo é algo do olhar que tive, mas não posso mais ser o ser que fui". As nostalgias talvez sejam apenas o frêmito do simples estar-aí, tão difícil quando se chega à idade adulta, a imediatez, a liberdade sem o vigia.

Mas há um outro caminho para suscitar o vivido. Escrever poesia o reconflagra. Sim, às vezes, escrever antecede a lembrança – por ele a atmosfera se ergue, esfíngica, à nossa frente, como acorde feito de detritos da imaginação. Pois tal é o poder da poesia de Lucíola, que assim foi feita e isso mesmo suscita. Quantos nessa época, não se viram revisitados pelos retratos do vivido, quando a vida se retirava para os recintos fechados, quando, súbito, a insegurança nos encalçou? Nessa poesia a excruciante hora do exame do detalhe. O parapeito de uma varanda produz uma xícara translúcida, ou seja, o fluxo nostálgico dimana de uma visada que amealha ao seu redor o afeto, o fluxo das sensações. Mas, de tudo o que se arrola ali, nada é mais terno que o nome dos sítios. Pode ser Sitges ou a encantada Massarandupió - mas será sempre um mundo de pura sensorialidade e que foi vivido. E não são apenas os lugares que contam. Há nomes de localidades, cravados num pretérito imemorial - apenas resta a poeira rarefeita dessa língua, que deu nome à Crôa do Goré, ao Jequitibá, a Quixeramobim... nem mesmo a etimologia poderia explicar a sensação de ancestralidade que essas palavras suscitam. Tanto pensamos na ancestralidade que ela passa a ser uma sensação.

Esses lugares são quase para o êxtase da imaginação que é tocada por uma presença inexplicável, mas que logo é tangida pelo trivial translúcido. O das roupas penduradas que quaram num terraço alumiado, e, próximo, um local onde a pedra está ainda morna de antigas atividades vulcânicas - as águas quentes, os ruídos, os silvos no ar. Esse lugar é de gozo, é gasoso, suspensão azul, deleite inerte, diverso do mundo do caracol que em si mesmo se enrodilha, mas que sonha com essa amplitude sensória de visões, sons e tácteis. Em grande parte, trata-se de circunscrever esse instante de iluminação sensória. Ele nos retorna? Não, ela é reconflagrada, no ato de escrever da poeta. Impressionantes construções atmosféricas da sua artesania, o sensório atravessado pela lembrança, como num abano ao que surge e logo some. Viajamos, vivemos, atravessamos apenas para mergulhar nessa lembrança.

Há um enrodilhar-se da memória nessa poesia metonímica, tudo se desfalecendo ante as imagens, ante o "coisal" de palavras. E a água, uma realeza que cruza o livro soberana, domina tudo, os catamarãs, as barcas que zarpam, as escotilhas, o mastaréu... um espraiar-se sem fim do azul, um mapa geográfico do prazer. Mas os lugares não são paisagens: são acontecimentos aparentemente bobos como o do preá que se afoga num copo de chuva... e por uma sequência de associações tudo termina nas "piscinas" de São Miguel do Gostoso. Há um gosto praieiro, risonho nessa poesia, e é um alento que essas transcrições - melhor chamá-las assim - sejam alegres, mostrando que a poesia pode também, além da melancolia, contemplar o regalo e o enlevo. É simpático que a nenhuma dessas imagens falta genuinidade. A escrita poética, a escolha de palavras. Todo um vocabulário, todo um deleite em "pronunciar" essas palavras que são territórios, paragens, atividades docemente amadas, palavras que talvez um dia, com as coisas que nomeavam, entram em extinção... imagem terrível da derrelicção de um mundo? Não: o registro a partir do espírito: é preciso conhecer a chave para entendê-lo, para os que no futuro não conhecerão coisas como piaçavas, ou objetos trançados com juta. Todo um mundo de texturas. Um tratado de palavras ameaçadas de extinção. Um lugar perdido. Juventude, frescor, vida, vitalidade.

Mas ao lado desse universo de cintilações, o sensório, há deuses irados que vivem no interior desses versos - que celebram insônias, que incendeiam as águas, andam por charcos e voragens: do lado da calmaria, os "alvoroços e ventanias". Também nenhum *spleen* aqui, pois é possível ficar cansado até do *spleen* - nem há sinal da malta dos poetas mortos, mas algo tranquilo em si, cabreiro com todo ascetismo amargo, mas com razões, com conhecimento de causa, por assim dizer... É assim que ateia uma ironia a um tal "náufrago da Vila dos Remédios", rezador de terço, alguém que caiu na boca dos apetites insatisfeitos - a doença dos que não viveram. Com mais humor, nas viagens, ela se faz acompanhar de alguém que derrama “camândula em cascatas” de prantos e queixas. Coisas de quem viaja: e não há como acalmar as zitas, nem com passiflora, como diz em tom de pirraça tinhosa. Uma questão: essa nostalgia seria também de um mundo, de um Brasil perdido, talvez nunca existente, mas vibrante, antes da Grande Desagregação? Talvez. Talvez essa intensidade que no reviver da poesia se reinstaura em nós, quando se passa a achar que o melhor está por vir. E soa como um mistério, como uma palavra saída da boca de um marinheiro.

Baía de Camamu!

E quando a tristeza, o mau humor ou o que seja vem – também é bem-vindo. Coisa passageira. Se não há jaguar ou jaguatirica que a “demova” do estado mental, o fato é que a simples evocação dos animais e dos nomes a dissuadem, sim. É como se o deleite da palavra a tornasse imune à manifestação da tristeza, às “camândulas em cascatas de prantos e queixas”. Parece decidida a cantar a vida e fazer vista grossa ao “céu de Orobó”. O que é mencionado como algo de tristeza é dissolvido por termos de origem africana como muxoxo... de novo os termos, mas leves como ironia. Mesmo no amor a ironia que dissolve a rispidez trabalha. As memórias correm, como a lembrança de um pobre diabo que deixou alguém a ver navios e, fugido para o sertão atrás de um rabo de saia, virou crente... e esse era metido a desconstruído. Combinações ecléticas, o ridículo das modas intelectuais ironizado. O que mais impressiona é esse olhar ferino sobre os personagens que circulam por esse mundo. Não só o metido a desconstruído, mas também o náufrago da Vila dos Remédios. Ironia não falta sobre os tipos, os *bien pensants,* a boa consciência. O livro labiríntico de Lucíola é quase o registro de um olhar que combina ironia e fruição da vida, prazer, delicadeza.

Autores citados

Alejandra Pizarnik, Chacal, Frederico Garcia Lorca, Germain Habert, Guimarães Rosa, Hilda Hilst, Ítalo Calvino, James Joyce, João da Cruz, Jacques Lacan, Lawrence Flores Pereira, Mar Becker, Marina Tsvetaeva, Oswald de Andrade, Paul Celan, Paulo Leminski, Samuel Beckett, Sophia de Mello Breyner Andresen, Stéphane Mallarmé, T. S. Eliot, Vladimir Maiakóvski.

Agradecimentos

Este livro não teria chegado a termo sem a generosa leitura e presença de amigos e pares, em diferentes momentos de sua feitura. Meus agradecimentos a Mar Becker e Lawrence Flores Pereira, pela vívida presença a cada curva do caminho. A Laura Erber, pelo corte preciso, na nervura do verso. A Fátima Pinheiro, que me apresentou a Fernando José Karl (em memória), a ele, portador do sopro que semeia a ferocidade da escrita. A Elisa Alvarenga, Heloísa Telles, Tânia Pessanha, Vitória Dias, Levi Carneiro, Ram Mandil, Janete Grynberg, Newton Bignotto, Sônia Lansky, Bernardo Jefferson, Patrícia Lacerda, Lorena Coelho, Marilde Py e Therezinha Freitas. A Aninha Franco pela imagem-epígrafe. A Julio Abreu e Leonora Weissmann, pelo esmero e generosidade na feitura do projeto gráfico. A Rogério Tavares e Ana Elisa Ribeiro, pelas preciosas considerações sobre a árdua aventura que é publicar poesia no Brasil. À equipe da Quixote + Do pela acolhida.

Sobre a autora

Lucíola Freitas de Macêdo nasceu em Fortaleza. Antes de Belo Horizonte, viveu em Salvador, Brasília, São Luiz e Ghilarza, na Sardenha. Trabalha como psicanalista, é membro da Escola Brasileira de Psicanálise e da Associação Mundial de Psicanálise. É mestre em Filosofia e doutora em Psicanálise pela UFMG. Tem pós-doutorado em Psicanálise e Sociedade pela PUC-MG. Dirigiu a coleção de psicanálise *Estudos Clínicos*, pela Editora Scriptum. Foi editora da revista *Curinga* (EBP-MG) e da revista *Correio* (EBP). É curadora do "Lacan na Academia: Conversando com a Literatura" (EBP-MG & Academia Mineira de Letras). É autora do livro de poemas *Soante* (Ed. Scriptum, 2013) e de *Primo Levi, a escrita do trauma*, publicado pela Editora Subversos em 2014, finalista do Prêmio Jabuti em 2015. Publicou *Trauma, solidão e laço na infância e na adolescência* (Organizado com Nohemi Brown e Rodrigo Lyra) pela EBP Ed., 2017, e *Mutações do laço social: o novo nas parcerias* (Organizado com Elisa Alvarenga) pela EBP Ed., 2020.

Conselho editorial Alencar Fráguas Perdigão + Cláudia Masini
Editora responsável Luciana Tanure
Editores João Camilo de Oliveira Torres + Sofia Rossi
Revisão Flávia Figueiredo + Valter Braga
Tecnologia de informação Alessandro Guerra

Projeto gráfico Julio Abreu
Pintura da capa Leonora Weissmann
[Julio Abreu + Leonora Weissmann/ Jiló Design]

Foto p. 7 [epígrafe] Aninha Franco
Foto p. 122 [self] Lucíola Macêdo
Foto p. 124 [colofão] Lucíola Macêdo

Nesta edição, respeitou-se o Acordo Ortográfico da Língua Portuguesa de 1990, que entrou em vigor no Brasil em 2009.

Catalogação na publicação

M141 Macêdo, Lucíola
Balões vítreos / Lucíola Macêdo. – Belo Horizonte: Quixote+DO, 2022.
122 p.; 13 X 20 cm

ISBN 978-65-86942-66-8

1. Poesia. 2. Literatura brasileira. I. Macêdo, Lucíola. II. Título.
CDD 869.91

Índice para catálogo sistemático
I. Poesia : Literatura brasileira

Elaborada por Bibliotecária Janaina Ramos – CRB-8/9166

EDITORAS ASSOCIADAS

Rua Alagoas, 1.270 / sl. 304 – Savassi
30.130-168 – Belo Horizonte/MG
editoraquixote@gmail.com
[31] 3141 1256
quixote-do.com.br
instagram.com/quixote.do
facebook.com/QuixoteDoEditora

FSC MISTO Papel FSC® C092828

2022 CARBON NEUTRAL SAVE

balões vítreos
foi impresso sobre os papeis
cartão supremo 250g/m² para a capa
e pólen bold 90g/m² para o miolo,
em belo horizonte, mg,
em agosto de 2022,
para a editora quixote + do.